난세기

亂世記

난
세
기
亂
世
記

초판 1쇄 발행 2021년 5월 06일
초판 2쇄 발행 2021년 5월 24일

—

지은이 정봉렬
펴낸이 이방원
편 집 안효희 · 김명희 · 정조연 · 정우경 · 송원빈 · 최선희 · 조상희
디자인 박혜옥 · 손경화 · 양혜진   **영 업** 최성수

—

펴낸곳 세창미디어
        신고번호 제2013-000003호   주소 03736 서울시 서대문구 경기대로 58 경기빌딩 602호
        전화 02-723-8660 팩스 02-720-4579 **이메일** edit@sechangpub.co.kr **홈페이지** http://www.sechangpub.co.kr
        블로그 blog.naver.com/scpc1992 **페이스북** fb.me/Sechangofficial **인스타그램** @sechang_official

—

ISBN 978-89-5586-661-2 03810

© 정봉렬, 2021

정봉렬 시조시집

난세기 亂世記

근본을 잃지 않은 필부의 단심으로
목붕인견 망국지사 한 자 한 울 풀어내어
오는 봄 태평가를 꿈꾸며
난세가를 부른다

세창미디어
MEDIA

자서 自序

『난세기亂世記』는 종심從心의 나이에 만난 난세의 삶과
상념들을 일기 쓰듯 틈틈이 시조로 풀어내어 엮은 것으로,
시집으로는 여섯 번째이고,
시조시집으로는 『다 부르지 못한 노래』 이후 두 번째이다.

시조는 일정한 형식의 구애를 받으므로
형식의 아름다움을 갖추어야 하고,
또한 시이기에 내용의 아름다움도 아울러 겸비해야 한다.

시 쓰기의 어려움은 시조라고 다를 바가 없다.
특유의 형식미와 내용미를 동시에 추구하는 일은
시의 완성을 위한 고통과 함께 자유로운 정신이 요구된다.

우리말의 아름다움과 우리 가락에 내재되어 있는 뜻과 멋과
느낌을 살려, 사랑과 인생과 고향과 나라사랑을 노래로 풀어
내려는 나의 간절한 노력은 언제나 아쉬움을 남긴다.

2021년 4월

해운海雲 정 봉 렬鄭奉烈

차례

제3부 고향무정故鄕無情

제4부 낙화유수落花流水

제1부

동경
憧憬

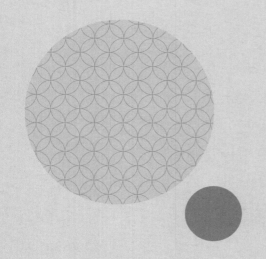

필봉筆鋒

종심從心에 만난 광풍狂風 난세가 웬일인가
숨거나 피할 길 없다고 무릎 꿇고 살 순 없지
다 빠진 붓끝을 세워
어둠 찔러 나가자

시절가時節歌

길손이 주인 행세 거짓이 사실 노릇
권력은 입을 막고 금전은 손발 묶어
사랑도 의리도 다 사라진
박자 없는 시절가

숨은 꽃

간밤에 비가 왔나 찬바람이 스며드네
구름 한 점 없는 하늘 쳐다보기 부끄러워
젖은 길 물기를 털고
숨은 꽃잎 들춘다

난장亂場

진실은 감춰두고 거짓을 사고판다
파장罷場이 임박하니 유언비어 춤을 춘다
얽히고 뒤섞인 막장
호객呼客 소리 드높다

반역反逆

나라가 뒤집혀도 총칼은 녹이 슬고
역적이 창궐해도 방관자만 늘어난다
다 챙겨 떠난 빈 광장에
반역자로 남는다

호흡곤란 시대

평생을 배우고 익힌 것 허망해지는 시대
성인군자 필요 없이 상식만 통해도 살겠네
거짓과 폭력이 손잡고
숨쉬기를 방해하네

낙화

머릿속은 식어가도 가슴은 뜨거운 정
바람에 드러내어 온몸 비틀거리나
멍든 눈 질끈 감고서
지워가는 그 얼굴

봄바다

그날 밤 그 별들도 눈물을 머금었지
겨울 안개 흩어지고 밀려오는 그리움이
웃다가 울먹이다가
반짝이는 봄바다

민들레꽃

샛노란 민들레꽃 바람에 흔들흔들
봄날이 다 가는데 잊혀진 얼굴인가
그리움 꽃씨로 맺히면
후후 불어 보내리

봄 가뭄

봄비 없는 봄날이 가는 줄을 모르고서
가시지 않는 목마름을 병이거니 여겼었지
갈라진 가슴 벌판 사이로
옹달샘을 찾는다

하구河口에서

썰물에 쓸려갔다 밀물에 밀려온다
피 어린 꽃잎들도 물결 따라 떠돌다가
길 잃은 바람을 신고
갈대꽃을 피운다

어머니 나이

내 나이 먹어가도 그대로인 어머니가
이 아침 살아계시면 몇 살인지 셀 수 없네
환하게 미소 짓는 그 얼굴
사랑 가득 영원히

그 사람의 노래

애달프고 아름다운 그 사람의 사랑 노래
이루지 못한 안타까움 누구 탓도 아닌 숙명
하얗게 바래진 원망이
살아나서 흐른다

요지경 瑤池鏡

정신 줄 놓지 마오 미쳐 돌아가는 세상
눈을 떠도 왔다 갔다 눈 감아도 빙글빙글
권력과 돈이 서로 손잡고
춤을 추며 날뛴다

그 얼굴

나이 한 살 더 보탠들 기다리는 무게 달라질까
주름살 더 진다한들 그리움이 달아날까
추억이 흐려지는 세월에도
변치 않는 그 얼굴

자유의 꿈

누가 꿈을 꾸게 하나 바람인가 바다인가
누가 자유 주고 뺏나 돈인가 권력인가
왔다가 멀어져가다
돌아보는 그림자

눈물

아무리 힘들어도 도망칠 수 없는 오늘
묵묵히 받아들여 안으로 고인 눈물
아무도 건너 주지 않는
강물 속을 흐른다

신세계

귓등에 쌓이다보니 거짓말이 자장가 되고
보이는 건 도깨비 불 눈 감아도 어른거려
듣지도 보지도 못한 세상
따로 찾지 않아도

솔개

기다림에 지친 몸이 끈 없는 연鳶이 되어
창공을 차오르며 보이지 않는 희망 찾아
잡힐 듯 멀어져가는
무지개를 찾는다

산수유

섣달 그믐날 아침 구름 낀 흐린 하늘
그리운 사람들의 소식도 뜸한 세상
설렘이 앞선 산수유
봄을 불러 오려나

입춘

억눌리고 옥죄이던 실핏줄이 살아나서
온몸을 꿈틀거리며 부싯돌을 치는구나
얼음장 깨어지는 소리
누가 불러 오는가

파종 播種

도심이 텅 비었고 하늘은 높푸르다
붉은 역병 건너와서 근역강산 불사르고
봄 가슴 타는 벌판에
거짓 씨앗 뿌린다

외출

구름 한 점 없는 하늘 쳐다보기 부끄럽다
거리는 텅텅 비고 봄꽃이 만발했다
무거운 머리 숙이고
터벅터벅 걷는다

벽오동

그대 뜰 안 벽오동은 잎이 제법 무성할까
봉황은 언제 날고 떠난 임은 언제 오나
소식도 전하지 못하고
까치집만 짓고 있나

봄비

때 이른 봄비 내리는데 가슴 더욱 메마르다
언 땅에 심은 언약 언제 싹을 틔우려나
빗속에 그리는 얼굴
방울마다 맺힌다

봄날이 가네

빗소리에 뒤척이다 눈을 감고 맞는 아침
잘려진 꿈을 이어 그리운 고향 찾아가니
앞에는 출렁이는 바다
돌아서니 봄날이 가네

홀로 깨어나서

자다가 깨어나니 나 홀로 기다리네
단잠을 청할 때는 두 손 잡고 있었는데
밤사이 바다를 건너
봄을 찾아 떠나셨나

시름

봄꽃이 천지사방 피고 지고 지고 피네
바람은 때도 없이 이리저리 불어대네
팍팍한 세상살이에
시름마저 쌓이네

공약

선거 때 선전도구 이권사업 빌미 주고
아무도 믿지 않는 감언이설 우려먹는
공허한 정치박람회
나라 빚만 늘린다

천륜天倫

잠 놓쳐 꼬박 새운 지난밤에 얽힌 숙업宿業
삼생三生에 풀어야 할 너와 나의 질긴 반연攀緣
전생前生은 기나긴 현생現生
후생後生 또한 먼 오늘

개꿈

꿈속의 동네잔치 어른 아이 함께 모여
마스크도 하지 않고 춤추고 노래한다
개들도 꼬리 흔들며
낯선 객을 반긴다

달을 보며

나라는 기울어도 청춘은 늙어지고
청산靑山도 말을 잃고 녹수綠水도 말라가나
달 보고 손을 흔들다
막힌 입을 가리네

산유화山有花

산에서 피는 꽃이 꽃밭에는 피지 않네
풀도 뽑고 돌도 없이 가꾸어 온 옥토건만
바람이 산에서 불어와도
눈을 감고 서 있네

유有와 무無

마음이 꽉 찬 유심 마음이 텅 빈 무심
정이 없는 차가운 무정 정이 있는 따뜻한 유정
유무가 무엇이기에
정도 마음도 갈라지나

단비

잊었던 비가 오네 눈물 없이 젖는 얼굴
봄도 가고 꿈도 지고 텅 빈 하늘 먹장구름
마른 꿈 흠뻑 적시고
실개천을 흐른다

진주晋州에 가서

남강 물 옅은 햇살 세월이 흘러간다
대숲은 사라지고 쉴 곳 없는 마른 바람
이끼 낀 성벽에 부서지며
저녁노을 뿌린다

변심

그 사람 변했는데 얼굴은 그대로라
머리로 하는 배신 마음 탓을 해야 하나
보이지 않는 그 속을 몰라
짝사랑을 했던가

그리움

다 잊은 줄 알았는데 다 떠난 줄 알았는데
이렇게 사무쳐오는 저렇게 피어오르는
꽃구름 추억 사이로
손짓하는 그리움

승부勝負

이기고 지는 승부 승자독식 하는 세상
추웠다 더웠다가 무승부로 가는 인생
패배의 뒤안길에도
꽃은 피고 자란다

사라진 찻집

그 찻집 어디 갔나 처음 만난 좁은 창가
바람처럼 나타났다 썰물처럼 떠나갔지
세월이 바다로 흘러가도
살아있는 그 찻집

고향바다

그리 오래 그리다가 마주하니 할 말 잊어
비켜서서 바라보니 노을에 젖은 얼굴
주름진 파도 사이로
흰머리가 날린다

별

가는 몸 하나로는 부족한 하루하루
챙기고 살펴주고 자신은 없는 인생
세월 속 숨찬 가슴 사이로
별이 되어 반짝이네

말소抹消

웃음 지을 일도 없고 기다림도 낯이 설다
달력에 표시해 둔 만날 기약 다 지우고
여백에 흘려 쓰다가
다시 긋는 그리움

독백獨白

대화도 할 수 없고 노래도 금지된 땅
고백도 하소연도 가슴 깊이 묻어두고
바래진 하얀 꽃잎을
바람결에 띄운다

어긋남

마주보며 오던 길이 어디에서 어긋났나
출발은 선한 동기 도착하니 나쁜 결말
가슴과 머리의 다른 셈법
사랑에서 미움으로

봄밤

만나면 너무 짧고 기다리면 너무 긴 밤
뜬눈으로 지새워도 맺힌 가슴 풀지 못해
달빛에 젖은 어깨 위로
손을 얹고 기댄다

독재자의 봄

독재자는 봄이 싫어 꽃밭을 외면하고
강아지는 봄이 좋아 풀밭에서 뛰어 논다
다투어 피어나는 풀꽃
소리 없는 아우성

실종失踪

개나리 철쭉 피는 환한 봄은 다시없다
미세먼지 황사바람 눌러앉는 중공폐렴
왔다가 돌아서는 발걸음
봄을 잃고 떠난다

냉이

언 땅에 숨어 살다 고개를 내민 얼굴
매운바람 휘감아도 발돋움 하고 섰네
저 멀리 다가서는 봄
반겨 맞아 피리라

지난 세월 얼은 몸이 새 봄 맞아 온기 찾고
꿈틀대는 뿌리마다 실핏줄이 살아나네
부비고 쓰다듬어서
새살 돋게 하리라

적敵

나의 적은 누구인가 어떻게 살고 있나
친구처럼 허물없이 시시때때 출몰하여
환하게 미소 지으며
목 조르고 비틀고

비열하고 뻔뻔하고 무례하고 악랄하다
근역강산 무법천지 도깨비와 막춤 추며
위선과 비겁을 무기 삼아
살아가는 나의 적!

유심有心

비가 오네 바람도 불어 남은 꽃잎 다 떨어지네
혼자서 떠나고 싶네 무심한 나그네 길
가다가 갈림길 만나면
발길 따라 걷는 길

보이지 않는 손이 허공을 가리키고
마음을 비운다 해도 발걸음은 천근만근
지나온 빗길 뒤돌아보면
따라붙는 그 얼굴

장승

기다려도 오지 않고 그리워도 갈 수 없어
마음만 내달리고 몸은 지쳐 주저앉아
한 세월 거친 풍상 견디고
그림자만 키운다

저만치 비껴가는 나그네가 반가와도
이마에 자란 이끼 눈썹을 덮어 와서
눈감고 추억을 불러와도
닿지 않는 목소리

부재不在

나라는 어지럽고 봄꽃이 만발했다
민주 법치 어디 가고 인간 존엄 눈에 없다
부르고 두드려 봐도
얼굴 없는 빈 하늘

정신 줄 놓게 되면 껍데기만 남는 육신
머문 시간 살던 집도 바람 따라 사라졌나
보이지 않는 그 자취
눈을 감고 찾는다

따로 별곡別曲

헌법 따로 법률 따로 민심 따로 정권 따로
입으로는 함께 가자 생각 행동 따로따로
망국의 낭떠러지로
따로 함께 가는 길!

동서남북 상하좌우 씨줄 날줄 편 가르기
갈가리 찢어져서 따로따로 거리두기
어제와 싸우는 오늘
내일 없는 노랫말!

새벽길

다시 걷는 새벽길에 하현달이 손짓하네
허전한 어깨 위로 성긴 별빛 가물거려
이제는 외롭지 않은
꿈밖으로 가는 길

허공 속에 띄어 보낸 뜨거웠던 독백들이
물기 어린 목소리로 여명 빛에 스며들면
저 멀리 새벽을 부르는
소쩍새도 우는가

바람

비 오는 아침인데 비둘기가 울어댄다
가슴이 답답한데 쓰다듬는 손 아쉬워라
창문을 두드리는 바람
손 내밀고 있는데

마음이 스산해지는 적막 속에 부는 바람
나뭇잎을 흔들다가 창문을 두드린다
일어나 찾아 나서면
추억 속에 숨는 몸

야만野蠻

야만의 어머니는 권력일까 탐욕일까
아니면 무지몽매한 만용일가 악습일가
아니다! 비열한 악마의 피는
문명에서 나온다

인명을 경시하는 공산주의 세상 됐나
문명개화 경제대국 야만국가 전락했나
인권도 자유도 사라진
손가락질 받는 나라

돌부처

풍상에 젖은 얼굴 이끼 속에 감춘 미소
마음 비워라 가르치고 자기 속은 꽉 채우고
천년을 한 자리에 서서
언제 오나 기다리나

꽃이 피고 새가 울고 달도 보고 눈도 맞고
만나고 헤어지고 기다리며 쌓은 업業을
아침에 새로 지었다
저녁에는 부수고

불씨

나뭇가지 사이사이 시름은 깊어가고
희미한 새벽하늘 별빛마저 사라졌네
가슴 속 깊이 감춰 둔
불씨 찾아 켜리라

거짓에 파묻혀서 봄날이 가는구나
광풍에 날려 보낸 진실의 작은 불씨
저 푸른 하늘 아래서
불꽃으로 피어라

아지랑이

언젠가 꿈속에선가 개펄에 홀로 섰네
바다 끝 하늘가에 지평선이 수평선이
노을에 젖은 파도 타고
손 흔들며 오더니

마음은 나그네 되어 고향 바다 향하는데
천근만근 무거운 몸 다리 손발 묶여 있어
그 봄날 아지랑이 속으로
눈을 감고 걷는다

새 친구

옛 친구 만난 자리 처음 만난 사이 같아
서로를 몰라보고 세월 탓만 하는구나
새 친구 눈가의 잔물결에
옛 친구가 숨었다

새 친구 가슴에도 대하소설大河小說 굽이치고
옛 친구의 추억 속엔 주인공이 살아 있다
노을 진 청춘의 나루터에서
기다리는 그 얼굴

안개

그 시절 안개 속에 매운 눈물 뿌리면서
휘감아오던 소용돌이 머리채를 움켜쥐고
한 조각 푸른 하늘이라도
고개 쳐들고 찾았다

이 시절 검붉은 안개 마취제가 섞였는지
언론은 횡설수설 정치인은 비몽사몽
새빨간 혀 날름거리며
옥죄어 오는 독毒 안개

간격 間隔

나는 여기 이만치서 너는 저기 저만치에
삼엄한 거리두기 돌아보며 눈짓해도
어느새 생긴 틈 사이로
흐려지는 눈동자

다정하게 속삭이던 귓속말은 잊혀지고
주고받는 눈웃음도 찬바람에 흔들린다
뻗어도 닿을 수 없는
너와 나의 새 거리 距離

미련

다시는 안 볼 듯이 눈을 감고 돌아서서
무거운 발걸음에 빈 하늘을 바라본다
떠나온 그 자리에 그 사람
기다리고 있을까

벼랑 끝에 버린 미련 언제 다시 살아나서
한 가닥 끈을 앞세우고 발목을 움켜쥔다
시작도 끝도 없는 이 길을
돌아가자 보챈다

고향의 푸른 솔

고향의 푸른 솔은 바람서리 다 이기고
검은 구름 붉은 노을 이고 지고 막아 내다
동트는 새벽도 못 보고
등이 굽어 누웠나

젊어 고향 떠나올 때 학을 길러 날려 주고
고려청자 고운 하늘 청운의 꿈 새겨 준 솔
지금은 기우는 나라 근심에
솔방울을 떨구나

일어나라 푸른 솔아 변함없는 그 자리에
잃어버린 고향산천 다시 찾는 날이 오면
별빛도 달빛도 머금고
송홧가루 날려라

갈림길

주룩주룩 가랑비가 발목 묶어 앉게 하나
홀로 가는 나그네 길 갈림길에 접어들어
가지도 돌아설 수도 없어
길도 젖어 우는가

길 나설 땐 달이 밝아 똑바른 길 보였는데
길 밖에는 바로 난 길 길에 들면 갈라진 길
이정표 없는 언 길을
가슴 품어 녹인다

기다리마 갈림길에서 그날이 올 때까지
머나먼 길 오는 동안 바람마저 주저앉아
어디로 가는 길인지
알 수 없는 산마루에

선동정치

추상적인 단어 속에 사실을 감춰놓고
공감 없는 연설에다 감동 없는 박수갈채
똑같은 논리의 반복
언론마저 앵무새

거짓말 밥 먹듯이 뒤집기를 손바닥처럼
잘못되면 남 탓하고 일 터지면 물 타기로
거짓이 차고 넘쳐도
부끄러움 모른다

이제는 돌아서서 하늘을 바라보라
말 아닌 말 쌓였는데 무슨 궤변 또 보태나
먼 하늘 천둥소리에
증거인멸 꾀한다

시인의 칼

종이도 자를 수 없는 이가 빠진 시인의 칼
돌아갈 집도 없이 허공을 떠돌다가
시인의 가슴 속 상처
들춰내어 찌른다

자객의 뜻을 품고 하현달을 훔쳐내어
적의는 버렸지만 담금질로 지샌 나날
무도한 독재자 목을 잘라
은하수에 던지는 꿈

가시보다 날카롭고 무쇠보다 무거운 칼
자유의 시어 따라 사랑 찾아 헤매다가
손잡이 없는 날 다시 세워
피를 내고 달아난다

흘러간 노래집

책장을 정리할 때 눈에 익은 책이 있어
쌓인 먼지 털어내고 한 장 두 장 넘겨본다
그 많은 이사 때마다
따라다닌 노래집

추억을 불러오는 아버님의 애창곡들
눈물로 불러보는 어머님의 그 노래들
지그시 두 눈을 감고
손박자를 치면서

첫사랑 맺지 못한 안타까운 사연들이
가슴에 사무치는 노랫말로 살아나서
흘러간 노래집 속으로
임을 찾아 떠난다

마산 할매곰탕

예술이 따로 있나 마음 따라 담박한 맛
끓는 가슴 우려내면 기다림도 뜨거워져
한 줄기 시원한 바람도
땀방울에 묻히네

진하고 깊은 국물 어디에서 나오는가
오랜 공부 온갖 정성 한 데 모아 이룩한 맛
따뜻한 새 밥 부추 깍두기
최고 맛집 할매곰탕

손님은 아니 와도 가게 문은 열어두고
무학산 바라보면 초록색이 짙어가네
구수한 그 맛을 찾아
이 봄 가면 오리라

유언비어 流言蜚語

붉은 역병 창궐해도 철 따라 꽃은 핀다
자신들도 믿지 않는 정치인들 헛된 소리
귀 막고 입도 다물고
민들레 꽃씨 날린다

바람이 전해주는 바깥 세간世間 소문들은
기다리는 비소식도 색깔마다 편이 갈려
믿거나 안 믿거나에 따라
오락가락 한다지

꽃밭이 만발했네 인터넷에 댓글 조작
독재자가 쓰러지고 또 누구는 치매라네
언론이 제 갈길 못가니
우거지는 잡초들

야만野蠻의 시대

시간이 역류한다 무너진 성터에도
자유와 법치란 말 검색어에 사라지고
만인의 만인에 대한 투쟁
권력만능 새 질서

문명이 쌓은 역사 거짓 위에 다시 세워
도덕 윤리 깨부수고 폭력 강압 이기주의
존엄한 인간정신은
물신物神 앞에 절하고

무늬만 민주주의 확산되는 전체주의
공공 우선 미명 아래 짓밟히는 자기존재
야만의 광풍 휘몰아치는 시대
숨을 곳은 어디에

고향 생각

새벽에 일어나서 눈을 감고 길을 나서
천리 넘는 남쪽 바다 한걸음에 달려간다
창밖에 비 오는 소리
고향 꿈을 깨운다

자다가 깨어나면 여기인가 거기인가
떠나온 지 오십 여년 엊그젠가 여겨지고
뙤약볕 퍼붓는 한낮에도
그 모습이 선연하다

오월에는 감꽃 피고 유월에는 밤꽃 피고
날 저무는 서쪽 하늘 샛별도 반짝이고
대숲에 부서지는 달빛
손짓하는 고향 꿈

고향 집 마당가에 동백 붉게 피었겠지
산언덕 올라보면 겨울바다 반짝이고
삼봉산三峯山 기슭을 따라
봄도 빨리 오겠지

어용御用

해야 할 말 아니하고 사실보다 추측보도
정론은 어디 두고 양비론에 권력 눈치
나라도 국민도 함께
패망으로 끄는 무리

거짓과 선동으로 구부리고 조작한다
우왕좌왕 혼란 속에 좀먹는 붉은 무리
숙이고 바짝 엎드려서
얻고자 함이 무엇인가

이치를 따져본들 바른 말 듣지 않고
사리가 분명한데 궤변으로 흐지부지
고개를 돌려 침을 뱉는
민심조차 외면하네

잡초 독풀 여기저기 순서 없이 피어나고
이놈 저놈 손을 들고 파헤치고 훔쳐 먹어
피와 살 다 빠져나가고
뿌리 썩어 뼈만 남네

동경憧憬

소년의 첫사랑은 바다 저쪽 수평선에
꿈속에도 그리다가 바닷가를 찾아가서
파도를 타고 올라가
무지개다리 놓았지

소녀의 첫사랑은 소년이 건넨 하얀 조약돌
작은 손에 감추다가 가슴에 품었다가
그 소년 바다 건너간 날
볼에 대고 있었지

세파에 시달리다 그 바다 다시 오니
세월에 쓸려갔나 조약돌 밭 어디 가고
아련한 물안개 헤치며
밀려오는 수평선

제2부

하일서정 夏日抒情

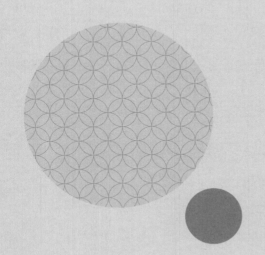

입하立夏

여름이 벌써 왔네 오지 않은 봄은 가고
마스크로 입을 가려 할 말도 잊었는가
도깨비 밥그릇 두드리는 소리
귀를 틀어막는다

폭양曝陽

바람 없는 자갈길을 그림자와 둘이 간다
손도 잡지 못하고서 주먹만 마주친다
외쳐도 메아리만 삼키는
적막 속의 뙤약볕

그늘의 시대

햇빛도 안 보이고 사방이 그늘졌다
폭양이 찾아와서 한 뼘 그늘 구하다가
아득한 마천루 숲 그늘에서
집을 잃고 헤맨다

유년의 꽃

우물가에 석류꽃이 장독 옆엔 나팔꽃이
지붕에는 하얀 박꽃 앞산에는 도라지꽃
꽃노을 물 드는 유년의 추억
지친 몸을 깨운다

추억 사이로

사금파리 조각조각 아스라한 추억 사이
반짝이다 흐리다가 손가락을 찔러온다
피멍울 방울방울마다
그리움이 맺힌다

치자꽃

고향에는 치자꽃 피고 먼 바다가 가물가물
푸른 언덕 너머 사는 노을이 젖는 저녁
메아리 그 향기 찾아
오솔길을 헤맨다

탓

잘못되면 남 탓이고 잘 되면 내 덕이라
이리 되나 저리 되나 내 탓할 일 없다하네
남 탓도 할 수 없을 땐
날씨 탓을 하겠지…

고음 苦吟

주먹을 펴고 나서 손 흔들어 보낸 노래
서리 내린 광장에는 함성도 사라지고
꽉 다문 입술 사이로
새어나온 노랫말

부호

숨어 있는 물음표는 사랑 고백 말없음표
우뚝 솟은 느낌표는 기쁨 행복 되돌이표
일하다 쉼표를 찍고
내일 위해 마침표

이 여름 꽃밭에는

긴 장마 끝나는 날 맨드라미 고개 숙여
기다림에 지쳐가던 채송화도 주저앉고
불어도 소리 나지 않는
나팔꽃만 피는가

패랭이꽃〈석죽石竹〉

새벽에 까치 소리 설친 잠을 또 깨우네
비 그친 소식 더해 귀한 손이 찾아오나
태풍이 쓸고 간 그 자리
패랭이꽃 피려나

장마 후

긴 장마 물러가자 분꽃이 붉게 피고
살아남은 봉숭화도 터질 듯이 맺혀있네
부모님 계신 고향 언덕
배롱나무 꽃 타래

무지개

마음이 울적할 땐 추억 속에 몰래 숨어
가만히 눈을 감고 무지개를 그려본다
분수로 솟구쳐 오르는
빨 주 노 초 파 남 보

멍

부딪혀서 생겼을까 헤어질 때 남았을까
맥문동 꽃잎 같은 보라색 멍 줄기가
세월에 바래지지 않고
생생하게 돋는다

외로운 길

거리두기 핑계 삼아 외로운 길 찾아간다
정情을 떼고 의義를 끊고 미련 애착 뒤로 하고
변하지 않는 그 뜻만
새겨 품고 가리라

무인도

혼자서도 외롭지 않아 주저앉은 그 자리에
기다림이 자라나서 푸른 숲을 드리우고
저 멀리 수평선 따라
밀려오는 그리움

혼자 부르는 노래

낮에는 여름이나 밤에는 가을일세
마음이 쓸쓸하니 가슴도 비어가고
혼자서 부르는 노래
음정 박자 엉퀴네

같은 하늘 아래서

어디서는 비가 내려 그리움을 적셔주고
또 어디에는 목이 말라 아우성도 삼키는가
같은 날 하늘 머리에 이고
꿈도 길도 다른 날

고채 苦菜 <씀바귀>

쓴 소리 귀한 세상 단맛 더욱 찾는 세태
교언영색巧言令色 마다않고 구밀복검口蜜腹劍 모르는가
씀바귀 피고 지는 세월
눈을 흘겨 보낸다

취우 翠雨

대나무에 떨어지는 초록빛 빗방울이
가만히 누워있는 푸른 상처 일깨워서
빨갛게 부어오르는
멍 자국에 스민다

섬

섬들이 사라지자 고향도 없어졌다
다리가 들어서고 바다가 육지 되어
해마다 찾는 철새도
쉬어갈 줄 모른다

천적天敵

기름진 문전옥답 창궐하는 붉은 해충
사이비 천적과 야합하여 독한 변종 길러낸다
사라진 천적 천라지망天羅地網 펼치며
언제 다시 오려나

우두커니 서서

오랜만에 만났는데 앉을 데 하나 없다
가랑비에 텅 빈 거리 쩔뚝이며 걷지 못해
입 막고 우두커니 서서
하늘 보고 땅 보고

고수高手

손이 빨라 고수인가 눈이 밝아 고수인가
머리 좋고 속도 깊은 절정고수 있다지만
추웠다 더웠다 하는 세상
고수 없는 인생사

촛불

나뭇가지 사이사이 시름은 깊어가고
어두운 새벽하늘 별빛마저 사라지면
가슴 속 깊이 감춰 둔
촛불 찾아 켜리라

바람개비

어릴 적 갖고 놀던 색동날개 바람개비
추억을 돌리면서 바람 부는 언덕 올라
꼬마 손 흔들어 보낸
그리움을 찾는다

일요일

날마다 휴일인데 일요일은 돌아온다
밖으로 나서지만 기다리는 사람 없고
산자락 언저리에 서서
빈 하늘만 바라본다

좋은 날

밤새워 잠 못 이뤄 쌓이는 꿈의 조각
해가 뜨면 빛나리라 기다리는 좋은 그날
아무도 모르게 찾아와
웃음꽃을 피울까

바른 길

오늘도 바른 길을 비틀비틀 걸어왔네
취하지도 않았는데 고개를 들 수 없어
높푸른 하늘을 두고
땅만 보고 왔는가

인연

지금 여기 너와 함께 마주보는 만남이란
바람 같은 우연일까 얼기설기 운명일까
서로가 서로를 찾아
바람 따라 인연 따라

내일

내일 보자 미루다가 오늘을 속인 어제
기다리는 오늘마저 어제처럼 가는구나
내일은 어제와 오늘
함께 잡아 묶어리

낯선 친구

친구야 잘 있었나 이쪽저쪽 갈라진 길
먼 산 보듯 반가운 척 건성으로 흔드는 손
석양에 눈부신 얼굴도
마주보지 못하네

보기에 따라

한쪽만 쳐다보면 한길로만 뻗은 능선
사방을 둘러보면 갈림길도 여러 갈래
보기에 따라 같고 다른
오른쪽 길 왼쪽 길

가로수

가로수 자주 뽑혀 철마다 낯선 거리
포프라 은행나무 어디론가 사라지고
그늘도 낙엽도 없는 길
종종걸음 걷는다

어떤 고백

안으로만 그리다가 물안개로 피어나서
뜬 눈 밝힌 기다림에 아침 강을 흐르다가
한마디 말도 못하고
햇살 속에 숨는다

아름다운 시절

앞산에 뻐꾸기 소리 솔숲에는 꿩이 날고
허기진 보릿고개 아지랑이 어질어질
참꽃이 떨어지자마자
날 저무는 그 시절

짧은 꿈길

자다가 깨어나서 이리저리 뒹굴다가
잠이 들면 짧은 꿈길 머나먼 고갯마루
돌뿌리 부여잡고 오르다
숨이 차서 깨는 꿈

반달

낮에 나온 반달 노래 그대 어린 목소리가
바다 구름 숨결 속에 이리 오래 살아남아
아득한 물빛하늘 높이
흰 새 되어 오는가

인생

뒤돌아보지 마라 가야할 길 남았는데
후회도 부질없다 돌아오지 않는 세월
오늘을 감사하면서
살아가는 인생사

만물의 영장

혼자 겪는 일 아니라서 억울함을 못 느끼고
익숙한 일 일상 되면 창살 없는 감옥살이
인간은 동물이 아니라고
누가 애써 말했나

역사 변조

내일을 팔지 마라 귀신이 다 웃는다
어제를 바꾸려고 허위 날조 선동해도
오늘로 소환할 수 없는
어제의 일 내일의 꿈

방풍防風

신문 방송 다 끊어도 미친바람 파고든다
문풍지도 가림막도 사라지고 없는 밤에
일어나 방문을 열고
두 팔 벌려 막는다

까치

까치가 전해 주던 세간世間 소식 궁금하여
이 아침 허전한 손 가만히 창을 여니
새들도 거리두기 하느라
입을 닫고 앉았네

혼자 먹는 밥

마음은 쓸쓸하고 날씨는 쌀쌀하다
머리는 묵직하고 가슴은 답답하다
입맛도 없는 이 계절
혼자 먹다 남긴 밥

거리두기 속에서

때로는 마주보며 눈웃음도 주고받고
어깨를 기대다가 손도 잡고 걷고 싶다
손으로 가려진 눈가에
이슬꽃이 맺힌다

해송海松

바다 보이는 언덕 위에 변치 않는 푸른 곰솔
온갖 풍상 다 이기고 수평선을 바라본다
저 멀리 바다 구름이
학이 되어 깃들고

노송老松

세상이 뒤집혀도 고향 뒷산 저 소나무
산노을 허리에 감고 한 백년을 그 자리에
솔바람 세월에 뿌리며
푸른 새순 키운다

백송白松

귀하디귀한 지조 백의白衣를 드리우고
맑은 피 젖은 단심丹心 백세에 향기 전해
높푸른 하늘 머리에 이고
겨레의 얼 지켜라

주저앉다

중공폐렴 오래 가니 봄여름도 더디 간다
파다 멈춘 공사판은 잡초 밭이 되어가고
떠난다 이별주 나눈 뒤로
제자리만 맴 돈 세월

개망초 꽃 널린 산천 개양귀비 춤을 춘다
입 가린 채 귀를 막고 홀로 길을 나서려도
돌아서 손을 흔들다
눈에 밟혀 주저앉다

추억

이끼 낀 돌담길에 텅 빈 햇살 부서지고
우물가 질경이풀 전설 속에 누워 있고
집 보던 일곱 살 아이
바다 보고 싶었지

바다가 반짝이고 솔바람이 속삭이고
적막한 뜰 안에서 혼자 놀던 어린 시절
어딘가 나를 기다리는
아이 이름 불렀지

흐린 날에

날씨를 모르고서 안경알을 닦는구나
침침한 눈을 감고 고향 바다 그려봐도
그 푸른 파도 대신에
밀려오는 먹구름

이렇게 흐린 날에 온단 사람 소식 없고
먼 하늘 천둥소리 발목 묶어 안절부절
앉지도 가지도 못하고
들었다 놓는 빈 술잔

소문所聞

발 없는 말 천리 간다 바람보다 빠른 소문
사랑방에 옹기종기 술 주전자 다 비우는
어른들 한숨 서린 시국담
귀 쫑긋 세워 들었지

내일을 얘기하면 귀신이 웃는다고
부질없는 정치 문제 그만 하자 해 놓고서
아니 땐 굴뚝 연기 나냐며
뜬소문을 들쳤지

탈춤

짐승의 탈을 쓰고 춤추고 노래한다
풍자와 해학으로 웃고 울며 함께 놀아
신바람 나는 동네 한마당
어깨춤이 절로절로

사람의 탈을 쓰고 짐승들이 깨춤 춘다
춤사위 흥이 없이 억지 장단 인면수심人面獸心
뻔뻔한 거짓 눈물에
추임새도 절레절레

전선야곡戰線夜曲

전선 없는 여름밤에 불러보는 전선 야곡
장부의 길 일러주신 어머님의 그 목소리
개망초 무성한 산하에
흩어지는 그리움

자장가 삼아 세는 총소리도 없는 이 밤
어머님의 흰머리가 눈부시어 우는 꿈길
전선 밖 달빛 속에서
휘날리는 태극기

거리두기

답답하다 숨이 차다 입 가리고 귀를 막아
손도 잡지 못하는데 입술 맞출 꿈을 꾸랴
만나면 누군지 몰라
눈만 껌벅 하려나

바다가 보고 싶다 꿈속의 섬 멀어간다
기약 없는 거리두기 그리움만 지워간다
날마다 잊혀져가는
기다리는 사람들

하지夏至

여름이 덜 왔는데 벌써 여름 끝에 섰나
머리카락 곤두서고 등줄기엔 식은땀이…
폭풍우 눈사태 밀려와
눈을 질끈 감는다

청산은 멀어가고 여름 하늘 붉어온다
기다리는 가슴마다 피고 지는 꽃잎마다
바람이 새기고 떠난
다시 오마 한마디

빗소리

잠 놓치고 한밤중에 빗소리 새겨 들어
비틀대는 비바람에 그리움도 흔들리고
가슴에 고이는 빗물
그 얼굴을 적시네

창문을 넘어오는 함께 부른 노랫소리
헝클어진 추억들이 끊길 듯이 이어져서
긴 장마 그치고 나면
만날 그날 오려나

유월이 간다

유월의 끝에 서서 떠나려는 그 희망이
멀어지다 돌아서고 다가오다 멈춰 선다
붙잡아 어루만지면
빗길 속에 부서진다

유월이 이리 간다 한숨만 쌓아놓고
세월은 저리 간다 갈 길이 멀고 먼데
산노을 속으로 사라진
그 사람 찾아 떠나간다

신록

지난 봄날 뜨거웠던 가슴마다 쌓인 사연
꽃바람 음정 박자 눈물 섞어 부른 노래
무심한 신록 속으로
메아리도 없이 스러진다

사회적 거리두기 마음마저 틈이 생겨
봄꽃 지고 짙은 녹음 바라보기 민망하다
위축된 가슴을 펴고
두 팔 벌려 안아주자

주름

눈가의 잔물결이 이마에 새긴 강물
세월을 타고 흘러 야윈 목을 얽어맨다
아직도 못다 버린 기다림
칭칭 감아 묶는다

날리는 흰 머리칼 꿈틀대는 파란 정맥
뜨거운 피 아직 붉어 바람 속을 헤매는 꿈
청춘의 나루터에서
죄어오는 그리움

기약期約

소리 없이 모습 없이 파고드는 그리움이
뜨거운 몸 일으켜서 새벽바람 맞이하네
꿈속의 만나잔 기약
헛된 줄을 알면서

행여나 창문 열고 먼 동 트는 하늘 보며
아쉬움도 기다림도 눈을 감고 잊어보려
앉았다 일어나서는
갈 곳 없어 헤맨다

꿈속의 길

자다 깨다 뒤척이다 꿈길에서 벗어나서
눈에 익은 외로운 길 달과 함께 걸어가다
잊혀진 얼굴을 만나
꿈길 속을 다시 찾네

아무리 힘들어도 주저앉을 곳이 없다
사방을 둘러봐도 보이는 건 한줄기 길
뒤돌아 갈 수도 없는
꿈속의 길 나의 길

도시의 아지랑이

봄도 없는 도시에서 피어나는 아지랑이
적막 속에 입이 막혀 발걸음만 분주하고
찬바람 이는 거리마다
밀려오는 현기증

마천루 사이사이 잿빛 하늘 주저앉아
창가에 스며드는 야윈 햇살 삼키면서
검붉은 아지랑이 물결
어질어질 춤춘다

색맹色盲

신호등이 바뀌었다 파란불에 건너가니
빨간불이 가로 막아 돌아서도 갈 수 없다
좌우가 분별 안 되니
색깔조차 어두워

흰 꽃을 피우고도 붉은 열매 맺지마는
신록이 울긋불긋 단풍도 회색이다
흑백이 뒤섞인 광장에
깜박이는 신호등

장마

마음이 축축한데 무엇으로 말려보나
가슴 속에 쌓인 울화 뜨거운 불 끌어내어
불씨로 호호불어 살리면
눈물 되어 내리는 비

보릿고개 넘어서면 기다리는 장마통에
풋고추랑 탁주 놓고 하늘 보며 나라 걱정
지금은 잊혀져 사라진
어른들의 뒷모습

활줄이 늘어지고 총칼마저 녹이 슬어
담을 넘는 붉은 도적 맨주먹에 물리치고
먹구름 걷히는 산하에
무지개 뜨는 꿈을 꾸다

유월

태어나서 보름 만에 피난길에 나선 유월
어머니 품에 안겨 울음마저 그쳤다지
뒷산에 뻐꾸기 찾아와
그리 슬피 울었다지

감꽃이 떨어지네 밤에는 밤꽃 피고
언제 자란 잡초들이 문전옥답 먹어들어
칠십 년 저쪽 그 유월
다시 찾아오는가

중공군 인해전술 밀려오는 붉은 파도
조상 무덤 파헤치고 거짓으로 성을 쌓아
뙤약볕 황토밭 풀섶 헤치며
다시 못 올 유월이 가네

달빛에 젖어

내 고향 유월 밤은 치자꽃이 길을 밝혀
십리 밖에 진한 향기 언덕에는 사랑 얘기
달빛에 젖은 꽃잎에
타는 입술 감추고

달빛을 적신 가슴 그리움도 적셔간다
흔들리는 추억의 창 별빛마저 가물대고
젖은 몸 말려주던 사람
같이 젖어 우는 밤

내 고향 남해 바다 파도소리 잦아들고
북두칠성 돌아 눕는 산등성이 솔바람도
밤이슬 맞은 그림자 뿌리며
달빛에 젖어 흐느낀다

동행 同行

혼자서만 삼킨 노을 함께 가면 꽃이 되고
산등성이 푸른 솔밭 초승달도 외롭지 않아
해조음 숨소리 맞춰
두 손 잡고 넘는 길

가다가 팔짱 끼고 발걸음도 가지런히
하늘 바다 얼싸안고 먼 길 돌아 만나는 길
별빛이 가물대는 산마루
눈감고도 오른다

다시 먼 길 떠나리라 홀로 외론 길이 아닌
함께 걷는 달빛 새벽 그림자도 하나 되고
가다가 햇살 부시면
마주 보고 웃으리

유년의 바다

바다를 좋아했지 보기만 해도 신이 났지
나고 들고 반짝이고 밀려왔다 물러가고
수평선 바라보면서
그리움도 키웠지

땅거미 기어드는 보리밭을 가로질러
육지에서 불어오는 바람에 실린 소식
도시로 떠난 사람들
큰 배 타고 온다고

그리운 것 바다뿐이랴 가을 오는 동구 밖도
어린 가슴 깊은 방에 숨겨 둔 해조음을
하나 둘 세어가면서
바다노을 헤쳤지

여름밤의 추억

모깃불 피워 놓고 대 평상에 가로 누워
북두칠성 찾아가다 길을 잃고 헤매는 밤
대숲에 부서지는 바람에
실려 오는 해조음

도깨비 방아 소리 날궂이 하는 밤에
할아버지 잔기침이 무서움을 쫓아내고
꿈길에 그리다 찢어진
유년 시절 풍경화

그 시절 여름밤에 피어나는 꽃송이들
우물가엔 구기자 꽃 지붕 위엔 하얀 박꽃
꽃 이름 몰라 눈을 돌리고
별자리를 세는 밤

여름밤에 깨어나서

짧은 잠결 긴 꿈꾸고 목이 타서 일어난다
물 한 모금 마시고 나면 찾아드는 묵은 근심
늘 푸른 산하 파헤치고
떼지어 오는 불개미

성벽이 허물어지고 나라 기우는 꿈속에서
온 사방을 외쳐 봐도 별빛마저 희미한 밤
시린 눈 부릅뜨고 서서
토막잠을 쫓는다

먼동 트는 새벽이면 그리워 할 그 사람을
기다리지 않으려고 나그네로 보내놓고
이마에 식은땀 흘리며
여름밤을 지샌다

밤, 바닷가에서

별빛이 소근 대다 밀물 속으로 사라지고
구름에 가린 달그림자 썰물처럼 떠나가면
가슴에 등대를 켜고
반짝이며 걷는 밤

얼굴을 쓰다듬는 바람의 손길 따라
빈손을 휘저으며 옛날 노래 부르다가
그 사람 이름에 막혀
울컥 눈물 쏟는다

모래톱에 옹기종기 짝을 찾는 갈매기들
안겨오다 돌아서는 해조음도 잦아들고
뜨거운 이마 적시는 해무海霧
깊어가는 그리움

인생곡 人生曲

봄날의 끝에 서서 불러보는 그 노래는
악보 없는 음정 박자 흐르는 시간의 강물
숨었다 반짝이다가
바다로 가는 자유곡 自由曲

하루가 지나가네 또 하루가 오고 가네
바람이 불고 가네 또 바람이 불어오네
왔다가 또 돌아서는
인생의 바다여

아무리 큰 나무라도 미풍에 바스락대고
잔잔한 호수 아래 물줄기는 꿈틀꿈틀
더웠다 추웠다 하면서
오고 가는 세월아

걸어야 할 길 생각하면 가슴이 먹먹하고
지나온 길 돌아보면 굽이굽이 가물가물
오늘도 아침을 깨워
불러보는 인생곡

순수탐구

바다 보이는 언덕 위에 조그마한 집을 짓고
산새들이 찾아들고 달빛 별빛 빛나는 밤
밤새워 짓고 또 쓰는
천의무봉天衣無縫 꿈 이야기

적시고 스며들어 흠뻑 젖은 옷자락에
말리고 퍼내어도 솟아나는 옹달샘이
순백의 아침을 열어
시가 되어 흐른다

산마루 바다구름 업고 구름은 하얀 알 품고
얼싸안고 날아보자 수평선 너머까지
하늘과 맞닿은 바다 끝까지
푸른 꿈을 이어 가자

우리 몸 늙어져도 가슴은 아직 뛰고
바다에 마주서면 무지개가 피어난다
순수의 그 빛살 어리는 파도
사랑노래 부른다

하일서정 夏日抒情

선거철에 불던 바람 초록빛에 숨어들고
긴긴 봄날 쌓인 업보 돌아서서 나 몰라라
능소화 늘어진 담장 너머
웃자라는 잡초들

시비승패 다툼 사이 뙤약볕에 시든 꽃잎
허공을 노려보며 빈주먹을 휘둘러도
아무도 쳐다보지 않는
울긋불긋 추상화

미운 정을 다시 찾아 내일 꿈을 꾸려 해도
입 가리개 숨이 막혀 말 못하고 갈라서서
눈으로 손짓 발짓으로 쓰는
여름날의 서정시

제3부

고향무정
故鄕無情

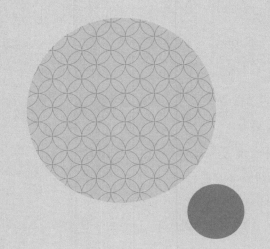

코스모스

비 개인 언덕길에 외로이 선 코스모스
어디다 둘 데 없는 부질없는 기다림을
함초롬 꽃잎에 실어
하늘하늘 날린다

가을

비 그치고 높은 하늘 바람 불어 가을인가
봄여름 입이 막혀 침묵으로 부른 이름
아무런 기적도 없이
창문 밖에 섰구나

처서處暑

쐐기풀 우거지고 풀벌레 울음소리
긴 장마 아니 가고 태풍이 온다는데
가을이 문 앞에 서서
떠난 임을 찾는다

미로 迷路

길 밖에는 줄어들고 길 안에는 길어지는
수수께끼 같은 길을 밤새도록 헤매다가
되돌아 다른 길 없어
다시 들어 빠진 미로

시제 時制

만고萬古의 세월이란 기나긴 오늘이요
천겁千劫의 시간이란 늙지 않는 어제로다
내일에 흐르는 어제
영원한 오늘의 인생사

손금

어디 있나 보물 창고 숨어 있는 비밀 지도
산을 넘고 바다 건너 동굴 찾아 가는 미로
잡으면 차마 놓지 못하는
손바닥 안에 숨었네

언론

가을이 언제 왔나 풀벌레 소리 요란한데
언론이 어찌 아나 울음인지 웃음인지
미물微物의 속도 모르면서
다 아는 척 나선다

실타래

가로 세로 삶의 무늬 청실홍실 사랑 묶어
꼬이고 얽힌 매듭 얼기설기 인연 따라
실타래 감고 풀면서
짓고 짜는 인생사

가을의 부음訃音

국화꽃 피는 계절에 언덕을 넘어가셨네
아흔 몇 구비 고갯마루 비바람 이겨내고
보이지 않는 발자국마다
사랑의 향기 남겨 놓고

텃새

돌아갈 생각 없는 철새들이 알을 까고
둥지 잃은 텃새들은 갈 곳 없이 날아간다
빈 가지 걸린 하현달도
자리 털고 떠난다

들국화

고향집 사립문에 가을빛이 찾아드네
잠시 먼눈 파는 사이 그 사람이 다녀갔나
새하얀 눈물을 머금고
적막 속에 피었네

투신投身

강 건너 불타는 산 강물에 뛰어들어
뜨거운 이마 식히면서 어깨를 들썩인다
피눈물 젖은 낙엽이
울먹이며 흐른다

가을 가뭄

큰 바람 불고 나서 가뭄 제법 오래 간다
기한 없는 거리두기 인정도 메마르고
애타는 가을비 소식
개싸움 소리에 묻혔다

높은음자리

오늘같이 흐린 날은 하늘 열린 바닷가에
가슴 열고 외쳐 부른 높은음자리 듣고 싶다
이름도 음정 박자도 없이
밀려오는 그 노래를

노을

안으로만 삼킨 분노 토해내니 노을 되어
다시 삼켜 꿈속에는 불씨로 간직했다
큰 바람 부는 날 오면
타오르게 하리라

고구마

황토밭 푸른 넝쿨 내려쬐는 햇볕 받아
아침저녁 이슬 함께 지심地心으로 전해주면
산맥이 꿈틀거리며
뿌리 내린 꿈의 맛

전도顚倒

세상이 뒤집어지고 거짓이 사실로 둔갑한다
돈은 귀신을 부리고 다 빼앗는 권력만능
두 눈을 감고도 볼 수 있는
전도망상顚倒妄想 별천지別天地

폐원

나라는 기울어도 추억은 살아남아
폐교된 운동장엔 드높은 만세 소리
무성한 잡초더미 헤치고
무궁화가 피었다

원칙이란

변칙의 발생 근거 예외를 위한 기준
원칙보다 강한 반칙 변칙보다 많은 예외
원칙은 어디로 갔나
반칙에게 묻는다

공부

머리를 비우려 하니 망상이 찾아들고
주먹을 펴려 하니 도적이 침입한다
마음은 주인을 잃고
비몽사몽 헤맨다

만산홍엽 滿山紅葉

아무리 몸부림쳐도 번져오는 저 물결은
비껴서도 따라오고 물러서도 휘감는 불길
빈 가슴 태우고도 모자라
눈동자를 지진다

상흔傷痕

아무리 잊으려 해도 선연하게 솟아나고
그토록 새기려 해도 바래지고 지워지는
새살에 묻힌 상처자국에
실핏줄이 흐른다

가을의 이별

눈물을 반짝이다가 저만치 멀어져간다
손 한번 안 흔들고 뒤돌아보지 않고
못다 한 말 낙엽에 흩뿌리고
가을 속으로 바람 속으로

중공폐렴

비 갠 뒤 가을빛이 가지 끝에 스며들고
지난 봄 만나잔 약속 태풍 실어 보냈는데
겨울에 건너온 붉은 병
돌아갈 줄 모르네

물맛

세상이 바뀌었다고 물마저 맛이 변해
술맛은 그렇다 치고 이리 쓰고 시기까지
이 물은 예전 그 물이건만
속 뒤집혀 그런가

성묘

이끼 낀 비석 앞에 술 따르고 절을 한다
엎드린 어깨 너머 솔바람이 불어와서
해마다 쌓이는 후회
한숨 섞어 보낸다

신산辛酸

웃음을 잃은 얼굴 미움만 쌓는 가슴
발 묶고 입도 막아 토할 데도 어디 없어
안으로 삼킨 매운 눈물
초醋가 되어 흐른다

솔바람

고향 언덕 올라서서 맞은 동산 바라보면
누군가 손 흔들며 정을 실어 보낸 바람
그리운 얼굴을 휘감아
솔숲 속에 숨는다

가을 하늘

하늘이 푸를수록 낮은 구름 더욱 희고
산등성이 걸린 흰 달 저녁샛별 기다린다
휘감아 펼쳐진 푸른 바다
출렁이는 그리움

광풍狂風

이 가을 비애마저 앗아가는 미친바람
울지 마라 묻지 마라 만나지도 떠나지도
엇박자 낯선 장단에
떨어지는 꽃잎들

거리두기 후기

인정이 메마르고 그리움도 바래진다
알고도 모르는 척 보고도 못 본 듯이
낙엽 진 뒷길을 찾아
개와 함께 걷는다

화살

화살나무 이파리에 가을빛이 물들었다
과녁은 뚜렷한데 쏠 활은 어디 있나
맨 주먹 불끈 쥐고서
손가락을 튕긴다

근황

들려오는 온갖 소리 귀를 닫고 살아간다
눈도 감고 견뎌야지 차마 보지 못할 노릇
차라리 입마저 막힌 일
잘 되었다 여기고

한로寒露

꿈에 본 꽃을 찾네 눈물 젖은 옷소매로
풀섶을 헤치면서 이름을 불러보네
밤 새워 깨운 풀잎마다
찬이슬이 맺혔네

낙엽

이별을 부르는 바람 가지 끝에 스며들어
지심이 말라가고 그리움도 흔들린다
세월에 감춘 추억도
물이 들어 쌓인다

실어失語

술 한 병 남았는데 마실 날은 언제인가
이러다 세월 가면 술맛도 날아가고
낯익은 얼굴을 만나도
눈만 깜박이겠네

배신의 강

신의를 저버려도 강물은 흘러간다
물소리에 묻힌 변명 바람결에 흩어지고
건너면 돌아오지 않는 다리
가시덤불 자란다

떠나는 사람

먼저 와서 기다리고 뒤에 남아 바래주던
가슴 속에 쌓아 놓은 그 사람의 기다림이
이제는 무너져 내려
앞장서서 떠난다

결심

손가락을 걸어놓고 다짐하고 확인하고
다시 보자 다시 오마 기약 없는 바람 따라
오는 봄 바다를 건너
나도 떠나 보리라

어둠 속에서

한밤에 창을 열고 검은 하늘 바라본다
작은 빛에 몸 숨기는 어둠의 집을 찾아
여명이 다가오기 전에
가슴 등불 밝힌다

오늘

내일을 얘기하면 귀신이 웃는다네
어제에 매달리면 나라가 기운다네
오늘은 내일의 거울
어제까지 비추네

해일海溢

하얀 꽃을 흔들면서 붉은 파도 밀려온다
푸른 산맥 넘보면서 집도 길도 뒤엎는다
문명의 뿌리 흔들어 놓고
태풍 속에 잠 든다

둔주곡 遁走曲

가을이 달아난다 찬바람에 허전한 손
붙잡지도 못한 사람 그림자도 멀어지고
무성한 배신의 거리
둔주곡이 퍼진다

현기증

가을이 깊어가고 나라도 어지럽다
청산이 울긋불긋 녹수도 알록달록
약 없는 어지럼증에
어지러운 발걸음

낯선 가을

가로수 잎이 지고 손을 잡고 걷던 거리
거리두기 귀가 막혀 말이 없는 낯선 가을
저만치 쓸쓸히 사라지는
눈에 익은 그림자

가을은

혼자가 아니라도 가을은 쓸쓸하다
손을 잡고 함께 가도 가을은 허전하다
높푸른 하늘만 바라봐도
눈물 나는 가을은

외로운 손

낙엽 쌓인 하산 길에 외로운 손 쉴 데 없어
어둠 내린 가을 저녁 찾아드는 겨울 소식
오는 봄 고향 꿈꾸면
두 손 잡고 가보자

어머니의 꽃

어머니 살아 계실 적 좋아하신 코스모스
바람에 하늘하늘 고추잠자리 사뿐사뿐
높푸른 하늘을 이고
가을빛을 뿌린다

자유의 정의定義

손발이 묶여 있고 입도 막힌 부자유도
순응하면 편안하고 벗어나면 고통 준다
자유란 고난의 동반자
속박 속에 피는 꽃

예종隷從의 길

누르고 옥죄이는 은밀한 어둠의 손
달콤한 속삭임에 익숙해진 꿈길 따라
묶여서 끌려가는 줄도 모르고
춤을 추며 가는 길

지향指向

어디로 가고 있나 길을 잃고 헤매는 밤
구부러진 손가락은 어느 쪽을 가리키나
바르고 자유로운 손
향하는 곳 어딘가

감나무

사람소리 반겨 맞아 열매를 맺는 나무
인기척이 뜸해지면 해거리를 하는 인내
그 많은 꽃을 떨구고도
가을하늘 볼 밝혀

감나무 밭

정 깊은 감계甘溪 시절 눈에 어린 감나무 밭
철 따라 갈아입는 옷 떠나야 할 시간 일러주고
볼 밝혀 걸린 노란 등불
추억 속을 비춘다

까치밥

아무리 흔들어도 떨어지지 않는 애착
속살을 후벼 파서 껍데기만 남더라도
누군가 삼킨 씨앗이
싹이 트는 날까지

불꽃

마음속 그 불씨는 꺼지지 않았지만
굳고 굽은 이 몸으로 타오를 수 없는 불꽃
새벽을 알리는 종소리 따라
여윈 가슴 헤치고

기다림의 끝에 서서 그리움은 감춰두고
물같이 흘러보낸 잠 못 이룬 시간들을
다 모아 홀홀 불어서
어둠 활활 태우리

꿈과 꿈 사이

혼자서 잠이 들고 둘이서 깨어나네
어둔 길을 함께 왔나 두 손 부여잡고 있네
행여나 꿈인가 여겨
끌어당겨 안는 꿈

손을 잡고 가다가도 못 믿어 만져보고
뒤척이다 마주보며 꿈속에서 꿈을 깨니
산마루 넘어 온 조각달
꿈 사이에 걸렸네

열매

오래 두고 뿌린 씨앗 불어 닿지 못한 바람
목 터져라 외쳐보고 마른 입술 부비면서
얼었던 가슴 껴안고
타오르게 하는가

옛날 작은 발장난이 푸른 밭을 일구어서
주렁주렁 열린 열매 하늘 바다 빛과 소리
그 땅의 하얀 속살은
감춰두고 맺히리

전체주의 全體主義

감정을 부추겨서 선전선동 세뇌공작
진실은폐 사실왜곡 양심마비 허위조작
웃으며 폭력을 휘두르는
자유 없는 수용소

만인은 일인을 위하여 일인은 만인을 위하여
거룩한 구호 속에 짓밟히는 인간존엄
전체의 독재 아래서
지워지는 개인들

가시

온 몸 안에 그대 있어 아무 일도 하지 못해
꿈길 밖의 길섶 찾아 헤매다가 눈을 감네
저 언덕 찔레꽃 피는
밭두렁에 쉬어갈까

겉으로는 강한 듯이 안으로는 연약한 정
아픈 곳곳 찔러오는 추억 속의 비늘인가
가시여 이제는 그만
이 가슴에 박혀라

고향집

오늘 따라 고향집이 눈앞에 선연하다
해거리 감나무에 바람도 쉬어가고
앞 언덕 살구나무에
누런 달도 열렸지

아버님이 심어 두신 유자 비자 숲 이루고
만리향 은행나무 산새들이 찾아들어
어머님 저녁 짓는 기척에
귀를 쫑긋 세웠지

그림자

하산 길에 뒤에 처져 함께 걷는 긴 그림자
몰아치는 찬바람에 날 떠날 줄 모르는가
빈 가슴 뜨거운 노래
부르지도 못하고

그대는 침묵의 동반자 빛 사이 어둠 사이
다소곳이 고개 들고 바라보면 미소 띠고
험한 길 칼바람 속에도
마다않고 따른다

오솔길

귀도 먹고 눈도 침침 차라리 속 편하다
보기도 듣기도 싫은 얼굴 소리 뒤로 하고
그림자 손잡고 걸어가는
외롭지 않은 오솔길

함께 했던 그날들이 반짝이며 다가온 날
바다 뵈는 산마루에 푸른 추억 불러 모아
만나고 다시 이어지는
오솔길을 찾았지

짐승론論

맹수가 아니라도 비겁한 짐승 없고
사나운 짐승 중에 비겁한 맹수 없다
세상사 비겁하기론
사람만한 짐승 없다

친구는 아니지만 적도 또한 아닌 짐승
비열한 마음 없고 간악한 꾀도 없다
도리도 모르는 군상群像
짐승보다 못한 무리

도깨비의 숲

비 그치고 태풍 가니 도깨비가 터를 잡고
파란 인燐불 흩뿌리며 장단 없는 깨춤 춘다
묘지로 가는 외진 마루
옻나무가 자라는 숲

긴 장마 시작될 때 어떤 사람 목숨 끊어
시시비비 안 가리고 유야무야 묻은 자리
축축한 독毒 안개 피우며
상두가를 부른다

얼굴

날마다 그린 얼굴 눈을 뜨면 지워지고
눈 감으면 환한 미소 비껴서면 물빛하늘
그리움 강물이 되어
꽃 피는 바다 흘러가네

머리는 복잡하고 마음은 쓸쓸하네
흰 구름 가을하늘 아련한 그 얼굴이
보일 듯 잡힐 듯하다가
손 흔들고 가는가

가을의 노래

그 사람 부르는 노래 따라 불러 뒤따라서
높은 산 오르기도 바닷가를 거닐기도
때로는 가을비 맞으며
손을 잡고 걷기도

찬바람 불어와서 낙엽 다 진 쓸쓸한 길
혼자서는 휘파람도 이어가지 못한 노래
저만치 비틀거리는
가을 속의 음표여

고향에는

들국화는 피었을까 고향 언덕 길섶에는
고향 길 멀다 해도 코스모스 청초하리
날마다 그리운 고향
다가오는 수평선

새벽과 아침 사이 반짝이는 고향 바다
해질녘 저문 하루 언제나 새론 파도
꿈속에 이불을 펼치며
지친 몸을 덮는다

나이테

굽이굽이 돌고 돌아 한 가슴에 새긴 동공
한 해 두 해 쌓인 연모 돌아서면 새로운 행로
동심원 보조개 품고
얼싸안은 사랑의 물결

하늘 실은 강물 따라 꿈속에도 자라왔지
가고 오고 남긴 상처 옹이 되어 박힌 세월
눈가의 잔주름 사이로
눈물 되어 흐른다

밤의 길이

누구는 밤이 짧아 새벽빛이 서럽지만
누구에겐 긴긴 밤이 끝 모르는 어둔 꿈길
다 다른 하룻밤 길이
무엇으로 알아보나

가슴으로 재려하니 뛰는 맥박 어지럽고
발걸음을 헤아리니 천릿길도 몇 발자국
똑같은 하룻밤 사이
그리움만 쌓인다

고향길

추억은 같이 있고 고향은 멀리 있다
가을밤 꿈속에서 고향길 찾으려니
추억이 먼저 깨어나
앞장서서 가잔다

들길에 들어서면 바다가 반짝이고
푸른 벌판 가로질러 징검다리 개울 건너
동구 밖 느티나무 반기는
꿈에 보는 내 고향

병든 가을

지난겨울 침입해서 이 가을이 다 가도록
터를 잡고 똬리 틀고 물러갈 줄 모르는 병
메마른 산천 방방곡곡
더욱 붉게 물들여

정신 줄 빠져나가 방향 잃고 말도 막혀
눈앞의 도적에도 손도 까딱 못하는가
거짓이 사실을 파묻어도
퍼져가는 몽유병

새벽을 불러오던 종소리는 어디 갔나
붉은 악귀 몰아내는 징소리 함께 울려
긴 겨울 검은 밤 깨고
새움 돋는 봄 찾자

자갈길

달빛 흐린 자갈길을 처음 함께 걸었던가
무거운 짐 짊어진 채 마주보고 웃었던가
짐 벗어 머리에 이고
손을 잡고 갔던가

고개 숙여 걸어 온 길 산 노을도 보지 못해
달이 뜨면 기다리리 하신 말씀 있었던가
밤새워 헤매 온 그 길
되돌아서 왔던가

어제 밤 밝은 달이 언약하신 그 달인가
달빛 속에 감춘 애모 뼛속 깊이 새겨 놓고
온몸은 돌덩이 되어
말 한마디 못하고

가을맞이

그 사람 오지 않고 가을빛은 아득한데
기다리지 말자면서 설렘이 앞선 걸음
동구 밖 갈림길에서
눈을 감고 맴돈다

사람 입은 틀어막고 짐승들만 짖는 계절
봄꽃은 피다 지고 여름 하늘 천둥소리
잊혀진 조상님 찾아
벌초할 날 오겠지

무성한 잡초더미 독충마저 꿈틀대고
장마 끝 불볕 아래 때 이른 코스모스
감긴 눈 뜨고 일어나
가을맞이 하려나

나의 별

많고 많은 별들 중에 나의 별은 세 개의 별
그 별빛이 내 가슴에 사무치게 살아남아
꽃피는 바다를 만나
수평선을 이룬다

검은 하늘 떠돌다가 진리 찾아 반짝이고
진리의 별 흰 빛 따라 살아 나온 자유의 별
남은 길 사랑의 별
거룩한 빛 영원하리

어둠 속의 세 줄기 빛 내 안으로 들어와서
가슴 숨길 불러오고 닫힌 눈에 불을 밝혀
영롱한 눈동자에 담아
높이 멀리 전하리

가을비

새벽부터 가을비가 성긴 잠을 깨우는가
무슨 꿈을 꾸었기에 아쉬움이 남아 있나
굽은 몸 뒤척거리며
헤진 꿈길 찾는다

하루 종일 오락가락 시름없는 가을비가
쓸쓸한 맘 불러오니 옛사람이 그립구나
아무 말 안 해도 좋으니
마주앉아 봤으면

남녘 땅 가을 비 소식 마른 가슴 젖게 하네
이 가을 다 가도록 만날 기약 아직 없네
날마다 손꼽아 가며
가는 세월 보내네

가을의 심연深淵

목마른 가을빛이 깊은 못에 빠져 있다
높은 하늘 주저앉고 고개 숙인 산봉우리
아무리 외치고 불러도
대답 없는 메아리

지난 봄 꽃잎 질 때 가슴에 패인 상처
안으로 파고들어 피눈물을 흘리는가
산노을 온몸을 적시며
흐느끼는 그림자

던지고 돌아서는 허전한 돌팔매질
그리움도 기다림도 삼켜버린 물결 따라
춤추며 퍼지는 동심원 위로
피어나는 무지개

광장에서

그 사람 어디 갔나 다시 보자 이 자리에
뜨거운 함성 속에 눈으로 맺은 언약
곳곳에 막힌 벽 뚫고
손 흔들며 오겠지

먼 하늘 천둥소리 열망을 보탠 날에
한마음 나라사랑 한뜻으로 모인 광장
끝없이 밀려오는 파도에
풀지 않은 손깍지

아무리 가로막고 철책으로 둘러싸도
높푸른 가을 하늘 바라보며 부른 노래
손잡고 어깨동무하고
다시 한 번 부르자

민심

민심이 천심天心이란 헛된 말씀 믿지 마오
거짓이 권세 잡고 휘두르면 천심 되니
하늘도 편이 나뉘어
민심 또한 갈라져

댓글이 민심인가 여론조사 천심인가
바람같이 강물처럼 불어가고 흘러가는
감춰진 차고 뜨거운 가슴
어찌 안다 하는가

민심은 시장에서 천심은 광장에서
바닥을 구르면서 햇빛에 드러난다
어둠을 깨트리면서
빈주먹을 흔들며

신新 귀거래사 歸去來辭

친구야 일어나자 욕된 거리 떠나가자
비 오면 오는 대로 바람 불면 부는 대로
아무도 기다리지 않는
근역강산 찾아가자

나라는 기울어도 강물은 흐르는지
태양광이 뒤덮여도 고향 숲은 늘 푸른지
눈으로 보고 알리고
조상께도 고하자

푸른 솔 베어지고 무궁화는 뽑혔는지
거짓으로 쌓은 산에 오랑캐들 붉은 깃발
맨주먹 빈손으로도
뽑아 태워 없애자

돌아오는 고갯마루 청자 하늘 바라보자
하느님이 보우하사 오천 년을 이어온 얼
소중히 가꾸고 지켜
영원토록 전하자

유년幼年

돌담 사이 푸른 이끼 골목길 넝쿨손이
어린 시절 불러내어 휘파람을 불어대네
그 아이 뛰는 가슴에
무지개가 솟았네

발걸음을 죽이면서 담벼락에 몸을 숨겨
심장이 뛰는 소리 새어날까 눈을 감고
파르르 떨린 꽃잎을
따지 못한 아쉬움

새하얀 목덜미가 새소리에 붉어졌지
고개 들면 반짝이는 먼 바다가 눈에 차서
비좁은 가슴에 담아
깊이 숨겨 두었지

바다 품은 작은 가슴 꼬마손이 포갠 뒤에
한 뼘 그늘 그리울 땐 높은 울을 타고 올라
바래진 기억을 찾아
온몸 칭칭 감는다

고향무정故鄉無情

부모님 안 계시고 사라져 가는 추억 속에
만국기 휘날리던 대운동회 만세 소리
구멍 난 탱자 울타리 사이
가시 찔려 멈췄다

학교는 폐교되고 빈집도 늘어가고
마르지 않던 우물가에 전설마저 끊어지고
동네 앞 뽕나무 밭은
칡넝쿨로 덮이고

나라가 기울어도 돌아가지 못할 고향
오랑캐 붉은 괴질 발을 묶고 입을 막아
그리운 고향 노래도
가슴으로 부른다

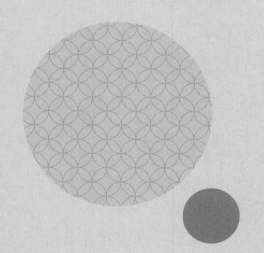

제4부

낙화유수
落花流水

입동立冬

가을이 벌써 갔나 떠난다는 인사 없이
소리 죽여 스며드는 겨울바람 숨은 소식
나뭇잎 지지도 않고
눈이 먼저 오려나

추수秋收

어느새 겨울이다 발걸음도 숨이 차다
거두지 못한 결실 빈 어깨가 더 무거워
긴 한숨 그림자에 얹혀
땅거미 속으로 기어든다

소설유감小雪有感

명색이 소설인데 붉은 안개 자욱한 땅
말 따로 행동 따로 사실 거짓 분별없어
무엇을 더 기다리나
찢어버린 카렌다

겨울비

첫눈도 없는 낯선 계절 소한인데 비가 오네
나라는 어지럽고 가슴만 꽁꽁 얼어
바람도 제 갈 길 몰라
겨울비만 뿌린다

끈

겨울밤은 깊어가고 성긴 잠이 달아난다
부질없는 시름 끝에 새벽빛이 스며들어
한 가닥 끈을 던지고
일어나라 깨운다

직진直進

그 겨울 꽁꽁 얼었던 날 바람마저 숨죽인 날
뒤돌아보지 않으려고 뒷걸음치지 않으려고
언 땅을 비틀거리며
앞만 보고 걸었다

기다림

만날 날 다가와도 찬바람은 아직 분다
또 번지는 중공폐렴 언제 가나 알 수 없고
메마른 가슴에 쌓이는
기다림만 뜨겁다

옛날 얘기

잠 안 오는 겨울밤에 어머니의 옛날 얘기
슬픈 사연 기쁜 결말 작은 가슴 두근두근
바람도 이야기 듣느라고
문풍지를 울렸지

첫눈

입춘 날 첫눈 오네 봄도 늦게 오시려나
기다리는 그 사람은 오신다는 소식 없이
언 땅에 쌓이는 눈송이
오실 길만 막는다

후회

달력을 넘기다가 거울을 비춰본다
주름 사이 흐르는 강 후회를 앞세우고
청춘의 나루터를 지나
밀려오는 그리움

분리수거

하는 일 하나 없이 삼시세끼 챙겨 먹고
거리두기 강박 속에 분리수거 기다리네
쌓이는 적색 쓰레기
실어가지 않는데…

숨은 별

동짓달 긴긴 밤에 달력을 넘기다가
표시했다 지워버린 숨어 버린 별을 본다
손꼽아 세어가다 찾은
여백 속의 눈동자

메아리

바위산 홀로 올라 외쳐 부른 그 노래가
비틀대며 일어나서 눈보라에 마주선다
높은음 꺾이지 않고
겨울 하늘 울린다

구도求道

길들이 끝나는 길에 갈라서는 길이 나고
막다른 길 꽉 막힌 길 되돌아서면 새로운 길
끝난 듯 열리는 그 길
숨어 있는 바른 길

혀 차는 새

겨울 산이 싣고 와서 쿨럭이며 전한 탄식
어디로 날아갔나 꿈에 울던 혀 차는 새
아직도 가야 할 먼 길
후회 먼저 뿌려놓고

편지

기다리던 편지 속에 봄소식이 빠져 있다
겨울잠이 숨었는지 흔들어 깨워 본다
창백한 행간 사이로
날 선 파도 출렁인다

감계甘溪의 추억

소쩍새 우는 봄에 감계에 깃을 치고
고개를 넘나들며 철 따라 쌓은 추억
봉우리 사이로 흐르다가
겨울밤을 적신다

귀소歸巢

어둠이 찾아오니 쉴 곳을 찾아본다
사방을 둘러 봐도 길마저도 주저앉고
까치집 걸린 나무 등걸에
굽은 등을 기댄다

중심中心

보이지 않는 중심 잡아야 하는 중심
중심 잃고 쓰러지고 중심 없어 무너진다
중심이 실종된 나라
도적떼가 설친다

그믐달

헐벗은 가지 끝에 까치밥이 조롱조롱
쓰고 단맛 잊지 못해 그믐달이 걸려 있네
고향이 그리운 겨울밤
꿈길조차 외로워

기다림 속에서

내 꿈속 그리움이 겨울 밤길 마다 않고
그대 꿈속 찾아가네 천리 먼 길 가까운 길
목마름 타는 가슴 속
기다리는 봄 찾아

나의 노래

못 다한 나의 노래 높은 음표 너무 많아
듣기도 어렵지만 부르기도 숨이 차서
가슴에 끓어오르다
목구멍에 걸린다

노래 없는 거리

나라도 걱정이고 세월도 근심 불러
눈도 없는 낯선 겨울 눈을 감고 걸어간다
위선에 비겁이 판치는
노래 없는 거리를

그리운 시절

첫눈 오는 한밤중에 소식 전할 사람 찾아
소곤소곤 속삭이며 지새다가 잠이 들어
아득한 그리운 시절
눈을 감고 찾는다

잔영殘影

발걸음을 죽이면서 숨어 찾은 겨울 저녁
군불 지핀 아랫목에 얼은 손을 녹이는 척
등잔불 흔들리는 그림자
뛰는 가슴 아련히

적막寂寞

먼 하늘 천둥소리 먹구름이 삼킨 계절
기다리는 꽃소식은 광풍에 흩어지고
반가운 까치소리도
적막 속에 숨는다

희화戲畫

화살을 쏘았는데 과녁이 사라졌다
노래 춤판 열렸는데 강아지 떼 꼬리치고
듣는 이 아무도 없이
목소리만 드높다

길 찾기

남 따라 내디딘 길 늙은 말이 아쉬어라
좌로 가니 붉은 도적 우로 돌면 험한 물결
똑바로 걸어온 길도
밤을 새며 헤맨다

겨울밤

자다가 깨어나서 다시 잠 못 이루는 밤
별별 생각 꼬리 물고 온갖 그림 다 그리다
새벽빛 창가에 어리면
봄인가도 여긴다

삼합三合

사람을 믿지 못해 뒤돌아서면 푸른 하늘
하늘도 못 믿어서 누런 땅을 흘겨본다
하늘 땅 서로 믿고서
낳고 기른 사람아

텅 빈 거리

오후부터 찔끔찔끔 궂은비가 오락가락
우울한 맘 둘 데 없어 텅 빈 거리 왔다 갔다
귀 막고 입도 가리고
눈만 뜨고 걷는다

우산

비바람 방향 잃고 우산을 뒤집는다
속살 속에 간직해 온 추억을 다 적신다
온몸을 타고 흐르는 눈물
독백으로 말린다

약주藥酒

시절이 얼어붙어 봄소식도 멀어진 날
밤새워 끓는 속에 무슨 약이 있을까만
너와 나 나눠 마시던
한 잔 술이 그리워

뒤죽박죽

감미로운 몽상에서 더 나가면 망상 되고
환상을 쫓다보면 허상을 붙잡는다
사실과 거짓 분간 못하고
꿈과 현실 뒤죽박죽

진창길

하루 종일 겨울비가 나라 시름 더해주고
사실 거짓 분별없이 진창길이 얼어붙어
바른 길 찾지 못하고
우왕좌왕하는가

배회徘徊

한해의 끝에 서서 후회를 짊어지고
아쉬움도 그리움도 눈을 감고 잊어보려
앉았다 일어서서는
갈 곳 없어 헤맨다

다리

고맙다 수고했다 머리 가슴 이고 지고
무겁고 답답해도 때로는 밤을 새워
아득히 먼 인생길을
함께 걸어왔구나

어떤 나그네

희망을 내려놓고 남은 빚도 청산하고
부귀 다툼 끝이 없는 누항陋巷을 벗어나서
물안개 헤치며 떠나가는
그림 속의 그 사람

보리수菩提樹

공원길 보리수 한 그루 잎 다 지고 쓸쓸하다
그늘을 드리우지 못해 나그네도 찾지 않고
호숫가 다른 나무들은
삼매경三昧境에 빠진다

마감

하루가 남은 한해 기다림도 다한 세월
날마다 눈을 뜨면 오늘을 감사하고
시름을 날려 보내며
길을 따라 왔구나

대나무

모두를 다 주어도 채워지지 않는 구멍
비워야만 차오르는 태고太古의 바람 소리
굽히고 꺾을 수도 없는
텅 빈 가슴 울린다

시詩와 함께

시와 함께 오십 년을 먼 길 돌아 걸어왔네
거친 세월 구비마다 눈물 감춘 노래 가락
아직도 다 부르지 못하고
이고 지고 가는 길

시평時評

여당은 눈이 멀고 야당은 입이 없다
언론은 귀가 먹고 백성은 힘이 없다
배우고 가진 자들은
자기밖에 모른다

불신不信

예측이 불가능한 믿을 수 없는 시대
민주 법치 무시하고 하룻밤에 말 바꾸기
내일에 희망을 걸고 사는
오늘조차 못 믿어

적충赤蟲

국민의 생명 걸고 백신 도박 하는 무리
무책임한 부패 권력 놓기 싫어하는 수작
하늘도 무서워하지 않는
붉은 해충 가득해

신음呻吟

주저앉는 상가 거리 얼어붙는 신음소리
처량하게 붙어 있는 휴업 폐업 임대 알림
적막한 도심의 한낮
겨울바람 드세다

정담情談

우리는 언제 만나 소주잔을 마주 대며
실없는 우스개도 하하 껄껄 주고받고
애타는 나라걱정 대신
정든 얘기 나눌까

동면冬眠

동짓날 바람까지 가슴을 파고든다
들려오는 소문으론 엄혹한 겨울이다
겨울잠 깊은 꿈길 따라
봄은 다시 오겠지

교목喬木

앉았다 간 그 자리에 어린 싹이 자라나서
기다림도 그리움도 기쁜 일도 슬픈 일도
다 자라 무성한 그늘로
덮고 감싸 주리라

오늘은 어제보다 내일은 오늘보다
좁쌀만큼 자라나도 큰 나무로 우뚝 서서
지친 몸 상처투성이
두 팔 벌려 안으리

고향의 노래

바다가 반짝이고 달빛에 젖은 마을
그리운 사람들은 아무도 뵈지 않고
아버님 텃밭에 심으신
유자 볼만 노랗다

산 꿩이 머물다 간 대숲에 이는 바람
추억을 불러 모아 노래 찾아 흥얼댄다
어머님 옛날얘기로
살아나는 노랫말

손

가슴에 손 포개고 들어보라 얼음 깨지는 소리
거칠고 험한 산길 헤쳐 나온 두 손으로
가만히 상처자국 만지며
불러보는 그 이름

온종일 같이 있다 눈 감으면 아득하고
꿈속인가 깜짝 놀라 팔 휘저어 손을 찾네
온몸을 감싸고 도는
그리움을 만지며

여명黎明의 노래

순백의 아침이여 맑고 고운 수정이여
강함 속에 부드러움 찬 빛 속에 뜨거움을
아무도 가두지 못하는
자유의 혼 머금은 너

이른 새벽 찾아오는 걸림 없는 그 노래를
가슴 깊이 새겼다가 샘물처럼 솟아내고
음정도 박자도 없이
목을 놓아 부른다

그 시대의 사랑

기다림에 가슴 뛰고 가난해도 풍성한 꿈
곱게 접은 손 편지 속 꽃잎이 전한 고백
삼키고 또 마시는 그리움
뜬눈으로 지샌 밤

손을 잡고 걷던 거리 물안개가 자욱하고
차오르는 목마름에 다 부르지 못한 노래
어디로 흘러 사라져 갔나
그 시대의 사랑은

눈길

하얀 눈길 걷고 싶다 눈물 많은 사람 함께
함께 걷는 쌓인 정에 발자국을 길게 남겨
흐르는 눈물 속으로
무지개가 뜨도록

눈물보가 터지는 날 그리움이 해일 되어
장승으로 선 기다림을 뿌리 채로 흔들어서
연모의 세월을 지나
반짝이며 흐르게

새벽의 소리

자다가 깨어나니 아직도 꿈속의 꿈
가보지 않은 길을 가다 서다 헤매다가
아득히 부르는 소리에
돌아보니 새벽빛

어둠이 짙어지면 아침 더욱 빨리 오고
겨울밤 깊을수록 어서 봄이 오시라고
얼음장 깨어지는 소리
아련하게 울린다

새벽

똑똑똑 빗소리가 새벽을 불러오네
검은 구름 뒤덮여도 새어 나온 빗줄기가
온 밤을 지새우며 울던
가지 끝에 부서지네

이리저리 뒤척이며 깨다 자다 맞는 새벽
창 너머로 잿빛 안개 나라 근심 더해주네
밤새워 걸어 온 꿈길 밖
기다리는 새벽길

마음과 생각

마음은 생각의 주인 생각은 마음의 도구
생각은 천태만상 마음은 조변석개
시공을 넘나드는 마음
시작도 끝도 없는 생각

마음은 먹기 따라 생각은 하기 나름
머리카락 차이 나도 천지가 현격하니
뉘라서 정사선악正邪善惡을
훤히 밝혀 보일까

아리랑 고개

아리랑 아라리오 귀하디귀한 노래
모습조차 고운님이 부르다가 넘는 고개
그림자 차마 밟지 못해
함께 넘지 못하는가

앞장서 돌아보면 눈이 부셔 아니 뵈고
뒤처져 따라가면 숨이 차서 못 넘는다
깍지 손 풀어놓지 말고
무지개를 타고 넘자

나그네의 사랑가

한걸음에 닿을 길도 발을 떼지 못하면서
마음은 머나먼 길 나그네로 떠돌다가
허공을 휘휘 저으며
불러보는 사랑가

풀지 못한 수수께끼 매듭으로 남아 있고
혼자 부른 노랫말이 쐐기풀로 자라나서
아무리 입을 막고 잘라도
가슴 치며 울린다

도시의 나그네

별빛도 안 보이고 달그림자 없는 거리
겨울 속 저 나그네 어디로 흘러가나
주막도 포장마차도 사라진
골목길에 서 있다

찾아갈 사람 없고 기다리는 임도 없는
나그네 가슴 속에 감춰둔 그리움이
밤새워 비틀거리며
함께 걸어가겠지

선무당의 칼춤

선무당이 사람 잡네 살아있는 속담일세
헛소리 읊어대며 이리저리 휘두르다
제 몸도 가누지 못하고
생사람을 잡는다

가짜 신을 내림받아 작두날엔 설 수 없어
입으로만 신통방통 온갖 부적 팔아먹고
도깨비 장단에 맞춰 추는
권력 칼춤 신난다

권력權力

잡으면 죽기 전에 놓을 수 없는 숙명
잡기도 어렵지만 지키기도 험난한 길
나눌 수 없는 그 자리에
독재의 싹이 자란다

공산주의 기본 강령 권력은 총구에서
자유 민주 공화국도 헌법 무시 권력남용
권력에 취한 무리 떼 지어
영구집권 꾀한다

거짓말

거짓말 자주 하니 진실을 잊어 먹고
거짓말 귀에 익어 의심조차 사라진다
거짓에 양심을 팔아
망국으로 이끈다

가진 자 염치 없고 배운 자 기개 잃어
언론마저 부화뇌동 거짓말을 밥 먹듯이
권력이 쌓는 허상 앞에
무릎 꿇고 절한다

한 해를 보내며

한 해를 보낸단 말 누구 지어 한 말인가
보내지 않았는데 떠나버린 사람처럼
가슴에 꽁꽁 싸 품어도
빈 하늘만 젓는 손

숨이 찬 목소리로 지는 해를 바라본다
잘 가라 감사하다 아쉬운 마음 남아
나이테 돌아가는 그루터기에
마른 입술 맞춘다

고장故障

웃음 잃은 사람들이 건널목을 건너려다
푸른 하늘 훔쳐보고 파란불을 기다린다
노란불 잠시 깜박이다
빨간불만 켜진다

무능에 무책임에 무뢰無賴 정부 고장 났나
남 탓에 거짓말에 부끄러움 모르는가
국민의 자유와 안전
누가 지켜 주리오

친구에게

붉은 역병 오고 나서 얼굴 한 번 못 봤구려
언제 보자 해놓고서 한해가 저물었네
겨울잠 떨쳐버리고
오는 봄에 만나세

나이 한 살 더한다고 마음마저 늙을 건가
거년去年 내년來年 차별 없이 변치 않은 모습으로
오는 봄 꽃 피는 동산에서
청춘 노래 부르자

제야유감除夜有感

백신은 언제 오나 헛소리만 요란하고
국민을 속인 죄과 어둠 속에 파묻힌다
아무도 책임지지 않는
모범방역 코리아

종소리 안 울려도 해가 오고 해가 가고
명멸하는 불꽃 사이 어둔 하늘 선명한 밤
검붉은 안개 숲 헤치고
새벽빛을 찾는다

한파경보寒波警報

붐비던 교차로에 인적이 끊어지고
신호를 무시하고 차들이 질주한다
새들도 날개를 접고
마른 숲에 숨는다

나라를 생각하면 가슴이 얼어붙고
시장바닥 헤매다 보니 가파른 삶의 고개
제대로 걷지도 못하게
빙판길을 깔았다

겸괘謙卦

주역 육십사괘 중에 겸괘가 으뜸이니
주공周公이 아들에게 겸謙 하나를 가르쳤다
제왕이 갖추어야 할 덕
이 괘 안에 다 있다고

땅 아래 거처 정해 몸을 낮춘 산의 자세
천하를 다스림에 부족함이 없는 겸손
이 시대 정치지도자들
겸謙 자字조차 모른다

윗자리로 오를수록 배 내밀고 고개 위로
밑으로 내려까는 눈도 아예 감는 오만
겸괘를 앞세운 위선을 두고
푸른 산이 떠난다

지기 知己

한겨울에 만난 사람 처음 뵙는 얼굴인데
오래 알고 지내온 듯 익숙하고 허물없어
가만히 손을 붙잡고
봄 마중을 나선다

진작 모른 아쉬움을 찻잔 속에 녹여 놓고
함께 쌓는 뜻과 정은 무지개가 뜨는 날에
서로가 서로를 알아주는
그 길에서 만나자

자신을 알아주는 그 사람은 누구일까
내가 먼저 나를 알고 그도 저를 알아야만
서로가 서로를 보고
알아볼 수 있겠지

겨울밤을 지새다가

이끼 낀 돌담 돌아 바람 따라 찾아갔네
아버님이 심어 두신 동백꽃이 붉게 피어
손 들어 꽃잎 따다가
깨어나는 고향 꿈

몇 번을 깨었다가 다시 들면 비슷한 꿈
잡았다 놓쳤다가 달아나는 무지개를
껴안아 올라타다가
달을 보고 깨었네

지난 밤 하현달이 창밖에 머물다가
누가 오는 기척 있어 구름 뒤에 숨었다가
찬바람 부는 숲속으로
쿨럭이며 갔는가

그 바다에는

겨울 바다 뱃길에는 작은 섬도 추웠지만
깊이 감춘 어린 꿈이 언 손을 잡아주고
노을이 타는 수평선에
그리움도 묻어뒀지

이제 와서 눈물 없이 말 못하는 아픔 없이
우리 함께 가는 길은 바다로도 하늘로도
열려진 이 길 따라서
두 손 잡고 가야지

밀려와서 스러지는 겨울 바다 모래톱에
이리저리 헤맨 발길 구름 되어 떠돌다가
아득히 시린 하늘에
흰 새 되어 날아오네

꿈속의 꿈

잡힐 듯이 달아나는 겨울 안개 아련하다
어린 손을 포개면서 무슨 다짐하였을까
나란히 두 눈을 감고
바다 꿈을 꾸었을까

깨어나면 다른 꿈길 다시 들면 낯선 길이
혼자서는 천근만근 빈 허리도 무거운 길
가다가 청솔 밭 만나면
학이 되어 차오르고

얼싸안고 잠이 들어 꿈길 속에 다시 깨어
어디선가 놓친 손을 잡지 못해 외치다가
새벽길 별빛 사이로
초승달을 마주하네

문 門

도깨비가 사는 집은 문들이 많다는데
앞문 뒷문 옆문 중문 대문에다 소문까지
열렸다 하면 닫히고
밀고 들면 사라져

독재자 있는 곳도 문들이 많이 있지
크고 작은 방들마다 쪽문 창문 가지가지
밖에선 보이지 않고
안에서만 열린다지

사실을 조작하고 진실을 은폐하는
사악한 방과 문을 게이트라 부른다지
도깨비 유황불 내뿜고
진동하는 썩은 권력

역사 침탈

고구려 발해 역사 자기네 역사라네
육이오 남침 전쟁 북침이라 선전하네
아무 말 하지도 못하는
우리 정부 어떡해

중공군 침입으로 일사후퇴 하였지만
인해전술 붉은 파도 격퇴하고 지킨 나라
오천 년 이어온 역사
누가 감히 넘보나

당당한 외교라야 국격이 바로 서고
비굴한 사대주의 바른 대접 못 받는다
한강의 기적 이룬 나라
잊혀 가는 코리아

공산주의 산고散考

당 밑에 국가 인민 권력은 총구에서
폭력 거짓 정당화로 자유 소유 침탈하는
야만의 전체주의 독재
유물사관唯物史觀 독버섯

방부제 처리 시신 우상숭배 선전선동
무산계급 착취하여 특권계급 형성하고
정반합正反合에 쌓인 모순
인간존엄 짓밟아

평등을 표방하고 자본독점 배급경제
붉은 수레 뛰어내려 푸른 하늘 바라보라
꿀 발린 구름빵 속에
오물 향기 가득해

그 사람

한밤에 깨어나니 꿈에 만난 그 사람은
박처럼 둥근 얼굴 바다처럼 넓은 이마
눈 감고 두 팔 벌리면
사라지는 그림자

이름은 또렷한데 얼굴은 가물가물
얼굴은 생각나나 이름은 긴가민가
이름도 얼굴도 잊혀진
그 사람은 어디에

새벽에 또 깨어나 그 사람을 찾아본다
함께 했던 꿈속에서 한 세월을 보냈던가
눈 감고 흑백 사진첩
한 장 한 장 넘기며

기약 없는 날이지만 기다림을 쌓는 새벽
하루하루 지나가도 그리움만 사무치고
날마다 보고 또 보는
다시 만날 그 사람

고향 동백冬栢

나비야 꿈 나비야 쉬었다 갈 곳 어디인가
찬바람 모진 세월 살아 피는 꽃이 있다
새하얀 수정 같은
맑고 고운 붉은 꽃이

첫사랑 같은 눈이 오면 누구를 기다리나
날 저물고 갈 길 남아 날개 잠시 접을 동안
동구 밖 보일 듯 말 듯
손짓하는 꽃 타래여

온다던 사람 소식 없이 겨울 꽃이 지려 하네
산 너머 기다리는 아지랑이 바다 건너
한 아름 파란 하늘 안고
봄 마중을 오는데

한겨울을 견딘 꽃은 새잎보다 먼저 피고
언 땅 밑을 흐르는 물 뿌리 세워 일으키지
기다림 야윈 줄기에 새기고
진한 입술 내민다

남해 연가 南海戀歌

눈 감으면 남해 바다 눈을 뜨면 고향 생각
수평선에 감춘 연모 물안개로 피어나서
눈부신 아침 햇살 사이로
밀려오는 그리움

꿈길 속 아련하다 찾아 나선 고향길이
천릿길 아득한 저편 주저앉는 물빛 하늘
닿을 듯 멀어져 가다
부서질 듯 안긴다

멀리 있어 더 가깝고 곁에 있어 더 먼 그림자
애틋하게 사무치다 번져오는 남해의 빛
밤새워 세웠다 허무는
고향 잇는 무지개

사향思鄕 길은 끝이 없고 그리움만 쌓여가네
천릿길도 한걸음에 가슴이 두근두근
만나자 헤어져야 하는
남해 바다 저 물결

그리운 고향집은 인적 없는 텅 빈 적막
강진바다 푸르건만 똑딱배는 간 데 없고
산(山) 동백 울타리 지나
오솔길도 사라져

반짝이는 고향 바다 그리워라 푸른 언덕
솔숲에 숨겨 둔 꿈 기다림의 세월 돌아
알 깨고 걸어 나와서
하얀 날개 펼친다

기다리지 않는 고향 이제는 떠날 시간
우리는 또 만나리라 우리 사랑 남해에서
별빛이 쏟아지는 바다
하나 되는 꿈속에서

바다 보이는 고향집에 늘 푸른 나무 심자
해마다 푸른 꿈이 새순으로 자라나서
먼 훗날 두 손 맞잡고
나이테를 세어 보자

낙화유수落花流水

이 강산 낙화유수 흐르는 세월 속에
꽃들은 피고 지고 사람은 가고 오고
이 나라 어디로 흘러
큰 바다를 만나나

이 강산 방방곡곡 마르지 않는 샘물
푸른 솔 깊은 뿌리 흔들리지 않는 산맥
오랑캐 무리 넘나들며
파헤치고 있는가

흐르는 노랫가락 돌고 도는 낙화유수
나루터에 비켜서서 떠나간 임 기다리다
기우는 저녁 햇살에
그림자를 숨긴다

난세기亂世記

어떻게 살아가나 난세를 만났으니
무엇을 해야 하나 영웅의 꿈을 꾸랴
도적이 권세를 쥐는
천하대란 요지경

원칙이 무너지고 상식도 사라지고
입법 행정 사법 언론 역도들이 활개 친다
가진 자 부화뇌동하고
배운 자 곡학아세曲學阿世

근본을 잃지 않은 필부의 단심으로
목불인견目不忍見 망국지사亡國之事 한 자 한 올 풀어내어
오는 봄 태평가太平歌를 꿈꾸며
난세가亂世歌를 부른다

술회 述懷

—후기에 갈음하여

청운의 꿈을 안고 뭍으로 건너가서
부모 형제 은덕 입고 천지신명 가호 아래
격동의 세기를 넘어
명철보신明哲保身하였네

현숙한 배필 만나 다함없는 내조 받아
북한경제 통일연구 경제학 박사학위
현생에 진 무거운 빚
후생에는 갚을까

배움터 높은 스승 좋은 친구 지기 되고
의로운 길 가르침에 때 묻지 않은 도움으로
험한 길 주저앉지 않고
의연하게 걸었다

자유정신 지표 삼아 시인으로 살아온 길
후회를 모아 세운 나의 문학 남은 관문
처자식 평생 마신 신산辛酸
노래하고 마시리